AF234478

SECONDE LETTRE

A M. ROSSIGNOL,

PROFESSEUR SUPPLÉANT DE LITTÉRATURE GRECQUE

AU COLLÉGE DE FRANCE,

SUR LE RHYTHME, SUR LA POÉSIE LYRIQUE,

ET SUR LE VERS DOCHMIAQUE.

MONSIEUR LE PROFESSEUR,

L'attention dont vous avez honoré ma lettre sur le vers dochmiaque, insérée au *tome XV* (n° 68) du *Journal de l'instruction publique* (22 *août* 1846), et le soin consciencieux que vous avez mis à en examiner les diverses assertions (*Ib.*, n°s 88 et 104, **31** *octobre* et 26 *décembre*), exigent de ma part une réplique. En la faisant aussi brève qu'il me sera possible, je voudrais y présenter, en quelque sorte, un résumé de la discussion. Mais, de mon côté, je ne me le dissimule pas, la défense sera restée bien incomplète, tandis que du vôtre, Monsieur, je ne pense pas qu'il reste rien à ajouter à vos arguments ; certainement personne ne l'entreprendra ; et ceux qui ne tomberont pas d'accord avec vous diront après vous avoir suivi :

> . . . . Si Pergama dextra
> Defendi possent, etiam hac defensa fuissent.

Mais hâtons-nous d'entrer en matière.

Le premier objet dont vous vous occupez dans votre lettre du **31** *octobre* est la comparaison du rhythme et du mètre. Je m'applaudis, Monsieur, de vous avoir amené sur ce terrain ; vous ap-

portez dans la discussion des passages précieux, d'où il résulte,
je ne le nie pas : 1° qu'il existe une grande analogie entre le mètre
et le rhythme *poétique* ; 2° qu'à un certain point de vue, tout mètre est rhythme, mais que tout rhythme n'est pas mètre. Je ne
vois véritablement rien à contester dans ces propositions ; et je
crois n'avoir rien dit dans ma dissertation sur le rhythme qui
leur soit contraire, en tant qu'il s'agit, je le répète, du rhythme
poétique, sur la nature duquel je suis parfaitement d'accord avec
vous. Je ne fais même aucune difficulté de convenir que j'ai com-
mis une inadvertance en citant un passage de Varron qui, en réalité, ne prouve rien ni pour ni contre ma thèse ; l'autorité que je
devais invoquer là est celle de Suidas lorsqu'il dit que le *rhythme
façonne le mètre comme un moule appliqué sur une matière plastique* : ῥυθμὸς πλάττει αὐτὸ τὸ μέτρον (1) (j'ai dit ailleurs comment
cette phrase doit être entendue). Il s'agit, dans ce passage, on
n'en peut douter, du rhythme musical, en tant qu'il a le droit de
modifier la quantité des syllabes ; car aussitôt que les syllabes
brèves compteront régulièrement pour un temps, et les longues
pour deux, le rhythme n'aura plus rien à façonner : ce sera lui
qui, tout au contraire, recevra sa forme du mètre. Il est donc de
la plus haute importance, dans toute cette discussion, de bien
préciser de quelle sorte de rhythme on veut parler ; car il y en
a trois espèces principales : le *rhythme musical, succession régu-
lière*, non pas seulement de sons (2) comme vous le dites, Monsieur (p. 755, col. 1re), mais *de temps égaux divisés en arsis et
thésis suivant un rapport déterminé*, puis le *rhythme oratoire*,
que F. Quintilien renonce à définir autrement que par une néga-
tion ; puis enfin le *rhythme poétique*, intermédiaire entre les
deux précédents : et j'entends par là le rhythme qui accompagne
la simple lecture des vers, rhythme dont vous comprenez la nature aussi bien et mieux que moi : car c'est celui dont vous me
semblez, Monsieur, vous préoccuper par-dessus tout. Quant à
moi, je le considère comme une dérivation du rhythme musical,
de même que le rhythme oratoire me paraît dériver du rhythme
poétique, le rhythme musical étant leur principe à tous deux et
leur proto-type commun ; et c'est à ce dernier que j'ai cru pouvoir appliquer la dénomination de rhythme pur (3), au même

---

(1) Aristide Quintilien (p. 43) : Ρυθμὸς πλάττει αὐτὸ τὸ μέλος, καὶ κινεῖ
τεταγμένως.

(2) Il y a également une légère inexactitude du même genre (p. 895,
col. 1re, l. 23) dans le mot *intensité* employé pour *intonation* : c'est sans
doute une faute typographique.

(3) Je réponds ici à l'objection que l'on m'adresse (p. 757, col. 1re).

titre qu'Héphestion et les autres métriciens nomment *mètres purs*, μέτρα καθαρά, les mètres dans lesquels les lois constitutives de chaque espèce sont rigoureusement observées.

C'est donc sur l'égalité des intervalles de temps successifs dans lesquels le rhythme musical partage la durée, que je dois insister ici, puisque, suivant moi, c'est sur cette égalité que se règle le chant de l'ode. Malheureusement, cette égalité ne se trouve énoncée formellement dans aucun auteur; mais si l'on admet que le mot ῥυθμὸς, dans sa signification primitive, rappelait immédiatement à l'esprit l'idée de cette égalité, on comprendra que les auteurs grecs qui, à part quelques exceptions, se piquaient peu d'être des analystes bien exacts, n'aient pas même songé que la mention de cette égalité fût nécessaire pour compléter leur définition, se bornant à dire que le rhythme consistait dans l'arsis et la thésis, dans le temps fort et le temps faible, et dans le rapport constant qui existait entre ces deux parties du rhythme, pour chacune de ses diverses espèces. On aurait cependant tort de croire que cette égalité est purement hypothétique : si son existence n'est établie que sur des inductions, ces inductions sont tellement puissantes qu'elles équivalent à la certitude la plus complète. Sans m'astreindre à passer en revue toutes les preuves de cette égalité, j'en citerai deux.

La première preuve se tire des exemples de mouvement que donnent les auteurs, comme propres à caractériser le rhythme : tels sont, suivant Longin (Gaisf., p. 139), le bruit des marteaux, la marche des chevaux, le vol des oiseaux, etc.; le bruit surtout des marteaux de la forge a toujours été donné comme type du mouvement rhythmique, à tel point que, suivant Clément d'Alexandrie (*Strom.*, I) et d'autres auteurs (Solin, ch. XI; Plut., *de Mus.*, V; Isidore, XIV, 6), l'invention du rhythme ne faisait qu'un avec celle de l'art de forger les métaux.

Maintenant, si l'on réfléchit un instant sur la nature des mouvements dont nous venons de faire l'énumération, si l'on remarque surtout que ce sont en quelque sorte des phénomènes physiques, réglés par la loi mécanique de l'isochronisme, on ne peut s'empêcher de croire que si les anciens avaient connu les propriétés du pendule, c'est lui qu'ils auraient, de préférence à tout, pris pour principal exemple, pour exemple caractéristique des mouvements rhythmiques. L'égalité des intervalles de temps successifs en est donc la propriété fondamentale et essentielle. Le rhythme des instruments de percussion, le rhythme du pouls, autres exemples fréquemment cités par les anciens, confirment et continuent la preuve précédente : car, en quoi pourrait consister un tel rhythme, si ce n'est dans l'égalité des intervalles de temps successifs ?

La seconde preuve se tire des définitions même du rhythme et de ses différentes parties, ainsi que des définitions, soit de la *conduite* ou *marche* rhythmique, de la *métabole* rhythmique, etc. (1). En effet, parcourons ces définitions.

D'abord, suivant Aristoxène, Héphestion, Syrianus, Aristide Quintilien, Galien, *le rhythme est le partage des temps suivant une disposition, un ordre, une ordonnance déterminée* : κατά τινα τάξιν ὡρισμένην. Or, observons que l'expression τάξις est précisément celle que l'on emploie dans l'architecture pour désigner un rang de colonnes également espacées, et dans l'art militaire pour indiquer de même une rangée d'hommes également distants les uns des autres, d'où précisément le mot *tactique*.

Ensuite, tout rhythme se compose de deux parties, l'*arsis* et la *thésis*, le levé et le frappé (2).

Le rapport de durée entre ces deux parties constitue le *genre* du rhythme : rhythme égal pour le rapport de 1 à 1, rhythme double pour le rapport de 2 à 1, hémiole ou sesquialtère pour le rapport de 3 à 2, épitrite (rejeté par Aristoxène) pour le rapport de 4 à 3. Tels sont les seuls genres admis par les auteurs.

La *conduite* ou *marche* rhythmique, ἀγωγή, consiste dans la *vitesse* ou la *lenteur* : c'est ce que nous appelons en musique *le mouvement*; le mouvement est entièrement indépendant du rapport des intervalles de temps partiels de l'arsis et de la thésis; il ne dépend que de la grandeur absolue de ces intervalles : Οἶον ὅταν τῶν λόγων σωζομένων, οὓς αἱ θέσεις ποιοῦνται πρὸς τὰς ἄρσεις, διαφόρως ἑκάστου χρόνου τὰ μεγέθη προσφερώμεθα.

Enfin, la *métabole* ou *muance rhythmique* consiste dans le *changement du rhythme* ou dans le changement *du mouvement* : Μεταβολὴ δέ ἐστι ῥυθμικὴ, ῥυθμῶν ἀλλοίωσις ἢ ἀγωγῆς.

Veuillez, Monsieur, faire attention surtout à cette dernière définition, il en résulte : 1° qu'il y a métabole du genre si le rapport de l'arsis à la thésis vient à changer, c'est-à-dire si vous passez de la mesure à deux temps à la mesure à trois temps, etc.; 2° que le genre étant donné et restant le même, il y aura mé-

---

(1) V. Aristide Quintilien, p. 31 et suivantes.

(2) Je pourrais ajouter, comme je l'ai fait ailleurs, le *temps faible* et le *temps fort*; mais je ne veux pas contrarier ici la théorie allemande qui voit le temps fort dans l'arsis : peu importe au fond de la théorie cette légère et insignifiante divergence de détail.

tabole dans la marche, ou dans le mouvement, ἀγωγή, si c'est la durée totale de la mesure qui éprouve une mutation.

Donc, inversement, pour qu'il n'y ait métabole d'aucune sorte, il faut : 1° que le rapport de l'arsis à la thésis, c'est-à-dire le genre, reste constant ; 2° que *la durée de la mesure reste constante.*

Donc l'idée d'un rhythme déterminé, je dis, bien entendu, d'un rhythme musical, outre l'idée du rapport déterminé de l'arsis à la thésis, comprend encore essentiellement et en première ligne l'idée d'une suite d'intervalles de temps égaux entre eux. Ce n'est pas là une idée moderne comme on pourrait le prétendre ; c'est une idée naturelle, absolue, et en quelque sorte innée ; elle est de toute antiquité parce qu'elle est dans la nature.

Maintenant, quant à la différence du rhythme et du mètre, la voici, comme vous l'avez fort bien développé, Monsieur : « le « rhythme n'a point de limite en son cours, tandis que le mètre « suppose des limites certaines, » ce qui fait, comme le dit saint Augustin, « que tout mètre est rhythme, mais que tout rhythme « n'est pas mètre.» Mais ici encore il faut s'entendre et faire une distinction. Quand on dit que tout mètre est rhythme, il est clair qu'il ne s'agit plus du rhythme tel qu'il vient d'être considéré, c'est-à-dire du partage de la durée en intervalles égaux : car la métrique n'attribuant à la syllabe que deux sortes de durée, la brève d'un temps et la longue de deux, il est clair que quand on dit : le mètre saphique, par exemple, se compose d'un trochée, d'un spondée, d'un dactyle, et de deux trochées, on ne pourra plus se servir de l'expression rhythme saphique que par exten-sion ; car il est impossible que les durées de ces divers pieds soient égales sous la condition énoncée relativement à la longueur des syllabes. Ce n'est donc plus de la même sorte de rhythme, c'est-à-dire du rhythme musical, qu'il s'agit ici, mais bien de cette autre sorte de rhythme que l'on est convenu d'appeler rhythme poétique. D'où il suit que tout mètre est rhythme dans ce der-nier sens, mais non dans le premier.

Cependant, le mètre deviendra rhythme dans le premier sens, si, renonçant au rapport de *deux à un* pour celui des syllabes longues aux syllabes brèves, on admet que telle syllabe pourra acquérir une valeur de trois temps, de deux temps et demi, etc.; et c'est cette opération que doit exécuter le rhythmicien ou le musicien, pour faire acquérir aux *pieds métriques* qui ne sont que la *matière plastique du rhythme musical,* des longueurs éga-les, et pouvoir ainsi exécuter son chant ou son ode suivant les conditions essentielles de cette sorte de rhythme. J'ai suffisamment expliqué dans ma dissertation sur le rhythme, la manière de faire cette transformation, et je n'y reviendrai point ici ; qu'il me suffise d'avoir signalé un abus de termes que l'on pourrait commettre sans s'en apercevoir.

Maintenant, tout mètre est-il vers? c'est-à-dire : tout système de pieds déterminé est-il un vers? non; mais il pourra le devenir s'il y a une répétition, un *retour, reversus*, de la même cadence : c'est pourquoi saint Augustin n'admet de vers proprement dit (il faut entendre de vers isolé), que celui qui a une césure ; cette césure suffit pour établir la répétition de cadence qui constitue le vers; mais si le mètre n'a pas de césure, il faudra en répéter plusieurs de suite pour qu'il y ait vers. Je prends cette phrase que je partage en trois membres : *Calypso—ne pouvait se consoler—du départ d'Ulysse* : chacun de ces trois membres a une mesure, un mètre, sans pour cela être un vers, puisqu'il n'y a nulle répétition de cadence. Mais si je dis : *Calypso—ne pouvait—supporter—sans douleur—le départ—du héros*, etc., rien ne m'empêcherait d'appeler cela des vers, pourvu que j'opérasse dans une langue où la répétition seule du nombre des syllabes constituerait l'essence de la versification. Au surplus, que telle langue exige la répétition de la même consonnance (1), telle autre la répétition de la même série périodique de longües et de brèves, peu importe : le principe est toujours le même. Ainsi, tout membre de phrase, sans être un vers, est susceptible de devenir vers : mais il serait puéril de remarquer que le mot *Calypso* forme un vers de trois syllabes, que les mots *ne pouvait se consoler* forment un vers de sept syllabes, etc. Néanmoins, quand un vers de dix ou de douze syllabes se rencontre dans un morceau de prose française, avec la césure après la quatrième ou la sixième syllabe, on le remarque, parce qu'un pareil vers, même isolé, suppose déjà une certaine facture qui -interdit au pur hasard d'en reproduire souvent de semblables, et aussi parce que, en raison de la césure, comme je l'ai déjà dit, et conformément à la théorie de saint Augustin, un pareil groupe de mots est déjà par lui seul un vers. Il en est de même, en latin et en grec, du vers hexamètre, du vers iambique ; et c'est ainsi qu'Hiéronyme pouvait s'occuper à pourchasser le vers hexamètre dans le texte d'Isocrate, et que Cicéron de son côté a pu sur-

---

(1) C'est sur cette loi de la répétition qu'est fondé le mot de Mme de Staël quand elle dit (*De l'Allemagne*, 2ᵉ partie, ch. 9), que *la rime est tout à la fois l'image de l'espérance et celle du souvenir.*

prendre Hiéronyme en flagrant délit de facture d'un vers iambique trimètre dont le sentiment avait échappé à son auteur.

Les principes précédents étant établis, ai-je prétendu nier qu'il existât des vers lyriques proprement dits? non assurément : je reconnais et j'ai toujours reconnu pour tels, les hymnes de Sapho, d'Alcée ; mais je crois pouvoir refuser cette qualité aux poëmes de Pindare et aux chœurs des tragiques. Est-ce à dire pour cela que je suis une sorte de barbare qui veux *sacrifier la poésie à la musique* (voir votre 2e lettre, page 896, col. 2e)? Permettez-moi de remarquer, Monsieur, que l'expression *sacrifier* manque entièrement de justesse. Chercher à jeter quelque jour sur une question difficile, vous en convenez, celle de la connexion qui existait dans l'antiquité entre la poésie et la musique, ce n'est pas plus sacrifier la poésie à la musique, que sacrifier la musique à la poésie : c'est au contraire s'efforcer de rendre à toutes deux leur éclat, leur dignité primitive, c'est chercher à réunir deux sœurs jumelles que la barbarie des temps avait condamnées à une cruelle séparation.

Je crois donc avoir eu raison de dire que les poëmes de Pindare ne sont pas des mètres, par cette raison surtout qu'ils ne satisfont pas à cette condition du retour successif des mêmes cadences, à moins qu'on ne veuille considérer une strophe entière comme un seul vers, ce qui serait une pure dispute de mots ; mais à cela même il y aurait impossibilité : car comme je l'ai déjà dit (*Dissert. sur le rhythme*, p. 17), la longueur du vers est soumise à une limite qui ne comporte pas cette étendue ; et d'après Marius Victorinus (p. 2528) : *enorme est ultra numerum triginta temporum egredi.*

On me dira néanmoins que je confonds ici le mètre avec le vers ; et je n'en disconviens pas. En cela, j'ai usé de la faculté que m'accorde saint Augustin, et qu'après lui, vous même ne me défendez pas (p. 756, col. 1re), de considérer ces deux mots comme synonymes : car, entendant le mot mètre autrement que dans le sens de vers, comment aurais-je pu dire, et comment pourrait-on m'attribuer logiquement l'opinion que les poëmes de Pindare ne sont pas décomposables en mètres, lorsque, tout au contraire, j'ai admis avec F. Quintilien qu'à la rigueur, en suivant le procédé de ces malencontreux grammairiens sur lesquels j'aurai à revenir dans un instant, il n'y avait aucun discours que l'on ne pût décomposer en fragments métriques? En effet, peut-on nier que tout membre de phrase n'ait une mesure, un mètre? mais prétendre que cela suffise, c'est tout autre chose ; si c'est-là ce que l'on veut dire (et au fond l'on ne dit guère davantage), je cesse de contester. J'irai même plus loin, et je dirai que ce mètre, quel qu'il soit, deviendra vers si on le soumet à la loi du retour cadencé; en outre, si ce retour est agréable à l'oreille, celui qui l'aura employé le premier aura le droit de se dire l'inventeur d'un nouveau vers, de lui donner son nom; et c'est ainsi que nous est venu le vers alcaïque, le vers saphique. Il est vrai qu'il y a aussi un vers pindarique hendécasyllabe (Héph., p. 79); mais où le trouve-t-on? dans des fragments de poëmes inconnus qui avaient sans doute un tout autre caractère que les poëmes complets que nous possédons de Pindare; et il est bien clair que c'est de ceux-ci seulement que j'ai voulu parler. Or, pourquoi, encore un coup, me suis-je cru le droit de dire que ces derniers ne sont pas écrits en vers? C'est d'abord, je le répète, parce que les membres de phrases dans lesquels les scoliastes les ont divisés n'y sont pas soumis à la loi de la répétition de cadence, et ensuite parce qu'on ne les trouve reproduits nulle part ailleurs d'une manière intentionnelle, ni isolément, ni par systèmes, comme le sont les vers alcaïques, saphiques, iambiques, etc. En un mot, les mètres de Sapho, d'Alcée, etc., sont faits sur un plan tracé *à priori*, tandis que ceux de Pindare sont évidemment, *quant à la première strophe* de chaque poëme, de chaque ode, écrits sans parti pris à l'avance, et uniquement de manière à affecter une certaine disposition musicale que malheureusement la tradition ne nous a pas conservée.

Mais, à part ces raisons, que l'on me contestera peut-être, sous le prétexte que cette loi de répétition sur laquelle je les fonde n'aurait jamais été formulée, ce que j'ignore, il y en a bien d'autres dont on n'aura pas si bon marché. D'abord, ces finales déterminées, *certæ clausulæ*, comme le sont, pour le vers hexamètre, le dactyle suivi du spondée, pour le vers pentamètre, la dipodie anapestique hypercatalecte, etc. Mais ce n'est pas tout, n'oublions donc pas l'axiome d'Héphestion (p. 26), Πᾶν μέτρον εἰς τελείαν περατοῦται λέξιν. Comment, en mentionnant deux ou trois exceptions à cette règle, Héphestion a-t-il oublié de citer Pindare qui lui en offrait à foison? La raison en est simple, suivant moi : c'est que *les poëmes de Pindare ne sont pas des mètres*. Vous refusez-vous de rechef à accueillir cette raison? alors adoptez, j'y consens, le système de M. Bœckh : non, faites mieux encore; pour échapper aux impossibilités de ce système, dites : ce que jusqu'ici l'on a appelé première strophe du poëme n'en est que le premier vers; l'antistrophe en est le second; et ainsi de suite : ce n'est plus qu'une affaire de mots.

Mais, considérons la question sous une autre face : supposons que tous les poëmes lyriques que nous possédons, y compris les chœurs des tragiques, chœurs qui ne se chantaient pas apparemment, nous l'admettrons malgré toutes les autorités contraires ; supposons, dis-je, que tous ces poëmes soient de véritables mètres, de véritables vers ; tant mieux, dirai-je, tant mieux ; mais alors rendez-moi, je vous prie, puisque vous me retirez Pindare, Simonide, les chœurs tragiques, rendez-moi ces compositions purement rhythmiques ou métriques, soumises à des règles particulières si bien tracées par Denys d'Halicarnasse, règles d'après lesquelles les syllabes n'avaient plus, ni quantité fixe, ni accent ; où la mesure musicale se trouvait substituée à la quantité métrique, comme la mélodie remplaçait l'accent du discours. De pareilles compositions ont existé, on n'en saurait douter : où sont elles ? dites, Monsieur ; apprenez moi du moins les noms des auteurs qui ont cultivé cette branche de littérature entièrement perdue ; et voilà, vous en conviendrez, un champ de recherches nouvelles qui doit promettre de brillantes découvertes.

Mais cessons ce vain badinage : nous avons bien assez déjà de pertes réelles à déplorer ; oui, l'on ne saurait le contester sans nier la lumière du jour ; oui, les chœurs tragiques étaient chantés ; les monodies (et que signifie ce mot ?), les monodies étaient chantées : Aristote (*Poétique Prob.*, etc.) nous dit quels modes musicaux on appliquait aux uns et aux autres. Les poëmes de Pindare et de Simonide étaient chantés : « Pourquoi, disait-on à Pindare, vous qui écrivez des chansons, ne savez vous pas les chanter vous-même ? » Διὰ τί μέλη γράφων, οὐκ ἐπίσταται ᾄδειν (*Sch. in Pind.*). Il faut donc de toute nécessité, admettre que c'est bien à ces sortes de poëmes, que les lois de la composition rhythmique étaient appliquées.

Ma tâche serait presque terminée si je n'avais à me disculper d'avoir mal interprété certains passages dont je me suis fait des armes pour la défense de ma cause. Sur ce point, ma réponse sera brève.

1° Commençons par le passage de Cicéron : ce passage ne contient aucune expression qui signifie mètre ou vers : *à modis quiusdam cantu remoto,....* les paroles, dit Cicéron, se réduisaient presqu'à de la prose, *avaient l'air de la prose,* c'est votre traduction, Monsieur. Or, je n'ai jamais pu prétendre que la composition lyrique n'exigeât pas une facture particulière, une disposition rhythmique qui la rendît propre à recevoir la forme musicale ; mais j'ai dit que les paroles séparées de la musique n'étaient pas des vers, et je ne vois ici aucune raison de rétracter ma proposition ; ce n'est point de la simple prose, tant s'en faut ; mais ce ne sont point des vers ; c'est quelque chose d'intermédiaire si l'on veut, ou plutôt, c'est une composition *sui generis* qui n'est ni l'un ni l'autre. Or, cela, on ne le dira certainement jamais des vers d'Horace ou de Virgile, d'Homère ou de Sapho, même quand on ne fera que lire leurs poëmes sans les chanter.

2° Pour le passage de Fabius Quintilien, je l'ai tronqué, j'en conviens ; je n'avais point à faire une traduction, et je n'y ai nullement visé ; j'ai extrait du passage ce que j'en regardais comme la substance : voyons quelles modifications résulteront des parties que vous rétablissez. « Les pieds métriques, traduisez- « vous, se trouvent si bien dans le discours, qu'en le composant « il nous échappe fort souvent à notre insu des vers de toutes « sortes : » c'est ce que j'ai moi-même dit plus haut. Est-ce au même titre que les compositions lyriques sont des vers ? d'accord, Monsieur, je suis trop heureux ; vous vous chargez de plaider vous-même ma cause. Continuons : « et d'un autre « côté, il n'est point d'écrit en prose que l'on ne puisse réduire « à de certaines espèces de petits vers, *ou a des portions de vers* « *in quædam versiculorum genera, aut in membra.* » J'ai ici, je l'avoue, joué de malheur ; croira-t-on que l'édition dont je me sers et que j'ai indiquée (Londres, 1644), ne contient pas les mots *aut in membra ?* Certainement on le croira ; et je me serais bien gardé de les repousser si je les avais eus sous la main. A eux seuls, ces trois petits mots forment un des plus solides appuis de ma thèse ; car, remarquez-le bien, Monsieur, je vous prie, les expressions *membra*, κῶλα, sont précisément celles que les scoliastes emploient toutes les fois qu'ils veulent désigner ce que l'on a l'habitude d'appeler des vers de Pindare ou des vers choriques. Vous voyez la distinction : ce ne sont point des vers, ce sont des *membres*, des *morceaux*. Mais finissons-en avec Quintilien : « Que dis-je ? » (je continue à employer votre traduction) « il s'est rencontré ici des grammairiens tout aussi vétilleux « que ceux qui ont assujetti à diverses mesures quelques poëmes « des lyriques. » Eh bien ! je n'ai encore ici, Monsieur, que des actions de grâces à vous rendre ; je n'aurais pas osé vous proposer cette traduction qui me va à ravir. Je vois ici *les poëmes des lyriques, non leurs vers, assujettis à diverses mesures*, et des grammairiens traités de *vétilleux* pour avoir fait cette belle opération ! car, vous en conviendrez, de quelque manière que l'on s'arrange pour le surplus du sens, il est impossible que des *grammairiens tout aussi vétilleux que ceux*, etc., ne signifie pas que les uns et les autres sont également vétilleux. Quant à moi, je n'aurais pas été si sévère ; je conviens que ce mesurage, ce partage de la

trophe lyrique en pieds, en membres comme on les appelle,
tait essentiellement utile; sans cette opération, l'on n'aurait pu
ue difficilement faire concorder les mêmes notes musicales avec
es syllabes correspondantes des diverses strophes et antistrophes;
t c'était là leur véritable et unique rôle.

3° Pour le vers d'Horace :

> .... Numerisque fertur
> Lege solutis,

ous me dites, Monsieur, que cela se rapporte au dithyrambe;
e continuerai à être d'accord avec vous, même quand vous ajou-
ez : il est question ici des *mètres* que les grammairiens appellent
πολελυμένα, ἄτακτα; encore une fois, je n'ai jamais nié qu'il
xistât des vers lyriques, de vrais vers, tels que ceux de Sapho,
ers auxquels ne s'applique point le mot d'Horace; observez seu-
ment qu'Héphestion (p. 112 et 119) n'emploie pas l'expression
έτρα ἄτακτα, ἀπολελυμένα, mais simplement μετρικά, nuance qui,
ous en conviendrez, ne laisse pas que d'être fort sensible et
'avoir son importance.

4° Pour le passage de Mallius Théodore, vous me dites, Mon-
eur, que *ma traduction n'est pas exacte* : il eût été plus vrai de
ire que la phrase française que j'ai substituée à la phrase latine
'en était nullement la traduction; mais aussi n'y prétendait-elle
oint; il serait de ma part bien maladroit de penser qu'en em-
loyant cette expression, rendue vague à dessein, *des procédés
ui s'écartent des règles ordinaires de la métrique*, j'avais traduit
xactement la phrase latine *certa pedum conlatione neglecta, sola
mporum ratio considerata sit.* Mais vous reconnaissez que *le
assage renferme quelques difficultés fort graves que ma traduction
éludées.* C'est presque un éloge d'habileté que vous m'accordez
, Monsieur; car si ces difficultés ne portent en rien sur ma
èse, qu'avais-je à faire de l'en embarrasser? Maintenant, donc,
tablissons, si vous le désirez, le passage entier, conformément
votre traduction : « *Si quelqu'un trouve, chez les poëtes lyriques
u tragiques, de ces cas où le rapport fixe des pieds n'ait point été
bservé, et où l'on n'ait eu égard qu'au nombre des temps* — eh
ien, c'est cela, absolument comme en rhythmique, — *qu'il se
ouvienne qu'on ne doit pas les appeler des mètres, mais des rhythmes.*
r, qu'ai-je dit autre chose? Seulement, j'en conviens, je ne l'a-
ais pas dit si clairement. Et après tout cela, Monsieur, voyons
quelle incroyable conclusion vous arrivez. « *Mallius*, me dites-
vous, au lieu de vous servir, se tourne donc contre vous. » Pour

le coup, je suis confondu ; car ce serait maintenant à moi, ce m
semble, de dire que *je ne m'explique pas comment vous avez p*
voir dans cette phrase une raison si favorable à la thèse que vou
défendez.

5º Quant au cinquième passage, à celui de Denys d'Halica
nasse, comme j'ai fait porter principalement sur le vers doch
miaque les conséquences que j'en ai tirées, vous me permettre
sans doute d'en confondre l'examen dans ce qu'il me reste à dir
de ce vers, ce qui abrégera d'autant cette réplique dont l'étendu
a, malgré moi, dépassé de beaucoup mes prévisions. Non pa
certes que je veuille éluder la discussion sur ce cinquième pas
sage plus que sur les autres ; mais, en réalité, je crois avoir, dar
ce qui précède, répondu à toutes les objections qui s'y rappo
tent, et je ne ferais plus que me répéter ; de sorte que si je n'
pas été assez heureux pour emporter votre assentiment sur l
quatre premiers passages, je ne pourrais espérer davantage rel
tivement à celui-ci ; dans le cas contraire, ce que j'ai dit suffira
et j'avoue (serait-ce présomption de ma part) que je ne désespè
pas d'avoir obtenu ce résultat si désirable ; car je vois clairemen
Monsieur, qu'il y avait entre nous un malentendu. Vous m'av
attribué, à l'égard de toute poésie lyrique en général, une op
nion que je ne professe qu'à l'égard de l'une de ses branches,
principale à la vérité ; mais vos objections ne me paraissent avo
de fondement que pour les autres dont je n'ai ni parlé ni vou
parler.

Au surplus, comme dédommagement à vous offrir, je m'adress
rai à moi-même ici un reproche que vous ne me faites pas et qu
je méritais : c'est au sujet d'une sorte de faute de logique que j'
commise en donnant sans traduction (p. 18 de ma dissertation s
le rhythme) un autre passage du même auteur (Περὶ δεινότητ
chap. 7, *et non* 47), où il est dit que *si l'on appliquait au style*
Platon un chant et un rhythme, il ne différerait plus des poëmes
Pindare : εἰ λάβοι μέλη καὶ ῥυθμοὺς, τοῖς Πινδάρου ποιήμασι ἐοικέν
δόξειεν ἄν : cette phrase, si l'on s'en rapporte aux traductions con
munes, peut induire en erreur ; c'est ce qui m'a engagé à rétabl
ici le sens que je lui attribue.

Mais il est temps d'arriver au vers dochmiaque, qui, vous l'
vez bien senti, Monsieur, ne joue dans la question actuel
qu'un rôle tout à fait secondaire. Je ne puis être animé, vous
comprenez parfaitement, d'aucun sentiment de haine personnel
contre ce vers inoffensif que je voyais pour la première fois.
je lui ai déclaré une guerre peut-être bien injuste, c'est que je
rencontrais sur un terrain où certes je n'ai la prétention d'exe

r aucun droit de propriété ; mais ne semblait-il pas venu là
ut exprès comme pour déranger les quelques jalons que je
'efforçais de poser sur le domaine de la poésie lyrique, pour
cher de parvenir à en mesurer la véritable étendue ?

D'abord, j'ai accordé, avec quelque difficulté, il est vrai, que
on pouvait considérer le dochmiaque comme mètre aussi bien
ne comme rhythme ; je n'ai l'intention ni de revenir sur cette
oncession, ni de rien ajouter pour la confirmer. Je ferai seu-
ment observer, pour justifier mon hésitation, que c'est bien
titre de rhythme qu'il est appelé *dochmiaque* ou *oblique*, et non à
re de mètre. Sous ce dernier rapport, sa véritable dénomina-
on est celle d'antispaste hypercatalectique ; et, à proprement
arler, c'est une simple syzygie ou copule métrique qui n'a rien
e plus irrégulier, de plus illégitime, que toute autre suite de
nq syllabes quelconques longues ou brèves. Ajoutons encore
ne quand on rencontre le dochmiaque dans la poésie lyrique,
est presque constamment par couple qu'il se présente ; et, chose
en digne de remarque, au lieu d'appeler le mètre qui en ré-
lte, dochmiaque dimètre, comme vous le faites, Monsieur, les
oliastes le nomment, je l'ai déjà dit, antispastique trimètre
achycatalecte. C'est qu'en effet le mot dochmiaque n'aurait
ar lui-même aucun sens dans la métrique, cette science admet-
nt toutes les combinaisons de syllabes brèves ou longues, et son
ble étant d'étudier et de classer ces combinaisons.

Pour la rhythmique, c'est différent. Tout rhythme (et j'entends
ar là dans le cas actuel, une unité de mesure rhythmique) tout
rythme, outre sa longueur totale (ce qu'il a de commun avec le
ied de la métrique), doit offrir une décomposition en deux par-
es qui sont l'arsis et la thésis ; et entre ces deux parties aucun
utre rapport n'est admis que ceux de 1 à 1, genre dactylique,
e 2 à 1, genre iambique ou trochaïque, et de 3 à 2, genre péoni-
ue. Si donc une mesure syllabique de 8 temps brefs ne peut se
écomposer que dans le rapport de 5 à 3, elle aura beau former
n pied, une syzygie, un mètre, ou tout ce que l'on voudra, elle
e formera jamais un rhythme légitime ; et de là l'expression
ochmiaque, expression que les métriciens n'auraient jamais in-
entée, mais qu'ils ont très-bien pu emprunter aux rhythmiciens,
our qui ce mot désigne un rhythme irrégulier, exceptionnel, se
encontrant quelquefois, soit dans le genre dactylique, soit dans
e genre iambique, de même que dans le poëme héroïque on
encontre de loin en loin quelques vers spondaïques. Aussi, per-
nettez-moi de faire une remarque assez importante, c'est qu'A-
istide Quintilien, en définissant le dochmiaque, se garde bien de

dire que l'arsis et la thésis s'y trouvent dans le rapport de 3 à 5 : il dirait une chose vaine au point de vue de la métrique, absurde au point de vue de la rhythmique ; il se contente de dire que ce rhythme est composé d'un iambe et d'un péon.

Telle est l'idée que l'on doit se faire du dochmiaque, et de cette idée résulte, secondairement, que le vers dochmiaque ne saurait avoir, ni les 32 formes principales que vous lui attribuez, Monsieur, ni *à fortiori* les 96 formes secondaires que l'on obtiendrait en ajoutant à la suite de chacune des premières, toujours suivant votre système, une syllabe longue ou brève à volonté, ce qui triple nécessairement le nombre total de ces formes principales.

Mais la difficulté réelle n'est pas là : je sais qu'un vers iambique trimètre, si on laisse la place libre à l'iambe, à l'anapeste, au spondée, au dactyle, au tribraque, dans les cinq premiers pieds, pourra prendre 3125 formes différentes ; et cependant, je ne disconviens pas qu'il satisfera néanmoins toujours, dans cette multitude de transformations, à la condition fondamentale et la seule rigoureusement essentielle de son existence, s'il conserve au sixième pied sa clausule, *certa clausula*, c'est-à-dire l'iambe, principale pièce de son uniforme et sa véritable livrée.

Quant au dochmiaque, son essence consiste à ne pouvoir se partager en deux parties qui soient, ou égales entre elles, ou doubles l'une de l'autre, ou dans le rapport de 3 à 2 (je m'attache pour le moment à cette seule objection). D'où j'ai conclu qu'au moins, du nombre des transformations auxquelles vous l'autorisez, devaient être retranchées toutes celles où la syllabe longue du milieu se trouve résolue en deux brèves, puisqu'alors le pied serait décomposable suivant le rapport égal, et qu'ainsi le caractère essentiel et fondamental, la condition *sine qua non* de son existence en tant que dochmiaque ou boiteux, se serait entièrement évanouie. Et ce n'est pas tout ; car sa clausule même pouvant avoir disparu avec la même facilité, il s'ensuit que le mètre aurait perdu tout à la fois, et son caractère générique, et sa forme spécifique. Alors, que lui resterait-il donc? rien, il faut bien en convenir, si ce n'est sa qualité de matière rhythmique, ῥυθμιζόμενον λέξις. En deux mots, si l'on peut appliquer à quelque chose de réel, cette définition, *non metrum sed rhythmus*, c'est incontestablement au vers dochmiaque.

Mais, me répondez-vous en m'opposant les paroles d'Aristide Quintilien : « Ces sortes de mètres confus se déterminent, soit « par les dipodies pures auprès desquelles ils se trouvent placés, soit par les vers suivants ou par les correspondances que « les antistrophes fournissent. »

Permettez-moi, Monsieur, de dire ici qu'en m'appliquant cette
ponse regardée par vous comme péremptoire, vous mettez la
gle et l'exception justement à la place l'une de l'autre ; car ne
ubliez pas, je vous prie : *le dochmiaque n'est pas directement
rhythme :* μὴ κατ'εὐθὺ θεωρεῖσθαι : quand il se présente, soumet-
s-le lui-même, ce mètre confus, au procédé d'analyse d'Aris-
e Quintilien, pour savoir à quel rhythme direct il appartient,
a bonne heure ; mais dès qu'il abandonne sa forme, c'est qu'il
tre dans le cas général : en un mot, au lieu de se déguiser, il
fait alors au contraire, que rejeter son costume d'emprunt.
Je n'ai plus, Monsieur, qu'un mot à dire, c'est relativement au
ythme *orthius* et au *trochée sémantus.* Vous reconnaissez avec
son que ces combinaisons ne se pratiquent point dans la mé-
que ; peut-être alors avez-vous agi contradictoirement à votre
opre opinion, en cherchant à les expliquer par les principes
cette science ! je crois, comme vous, que la rhythmique seule
ut en rendre raison ; et c'est conformément à cette vue que
i tenté d'en donner, dans le recueil des *Notices et extraits des
nuscrits de la bibliothèque du roi,* tome XVI, 2ᵉ partie, p. 160
213, une explication peut-être erronée, j'en conviens, mais
isée du moins à la véritable source. Vous aurez, Monsieur,
s-prochainement, la possibilité d'en prendre connaissance, et
vous sera loisible de la réfuter si vous n'adoptez pas mon opi-
on, qui, je puis vous le dire par avance, se trouve résumée par
s mots, savoir : que, POUR LA MÉTRIQUE, *ces deux pieds ne sont
'un ïambe et un trochée ordinaire.*
Permettez-moi, Monsieur, en terminant, de vous témoigner
mbien je me félicite d'avoir rencontré dans cette discussion ,
côté d'une opinion scientifique à combattre, un adversaire, ou
utôt un collaborateur à estimer. Puisse cette polémique égale-
ent consciencieuse et bienveillante des deux parts, n'être pas
érile pour la science : elle lui sera même très-utile si, en faisant
ir que les vers rhythmiques en général et le dochmiaque en
rticulier, lorsque la musique ne les accompagne plus, devien-
nt quelque chose de tellement vague que l'on peut y rattacher
esque toute espèce de mètre et même toute espèce de prose,
le avait pour résultat, 1° d'amener à cette conclusion, que les
incipes de la métrique ne peuvent servir, *pour de telles circon-
ances,* c'est-à-dire pour la poésie pindarique, chorique, dithy-
mbique, qu'à induire en erreur dans la restitution des textes ;
de faire considérer à peu près comme non avenue la très-
ande majorité des corrections de ce genre que l'on a fondées sur
pareils principes ; et 3° surtout de vous déterminer, Monsieur,

j'en ai déjà exprimé le vœu, à entreprendre dans cette vue un travail de réparation qui, exécuté par vos mains, ne saurait être sans gloire.

Agréez, je vous prie, Monsieur, l'expression de ma considération la plus élevée,

Paris, 12 février 1847.

A.-J.-H. VINCENT,
Professeur de mathématiques.

(Extrait du *Journal général de l'instruction publique,* 6 mars 1847.)

Paris, Imprimerie de Paul Dupont.

www.ingramcontent.com/pod-product-compliance
Lightning Source LLC
LaVergne TN
LVHW010221060726
842527LV00007B/2582